MW01114363

VERSIÓN PARA AMÉRICA LATINA

Dirección editorial: Tomás García
Edición: Jorge Ramírez
Traducción: E.L., S.A. de C.V., con la colaboración de Adriana Santoveña
Formación: E.L., S.A. de C.V., con la colaboración de Alejandra Basurto
Adaptación de la portada: E.L., S.A. de C.V., con la colaboración de Pacto Publicidad, S.A. de C.V.

Título original: *Les fées*

Londres 247, Col. Juárez,
Delegación Cuauhtémoc,
México, 06600, D.F.

ISBN: 978-2-8006-9601-0 (Éditions Hemma)
978-607-4-00035-1 (E.L., S.A. de C.V.)

PRIMERA EDICIÓN — 1ª reimpresión

Impreso en México – *Printed in Mexico*

Las Hadas

Textos de
Calouan, Katy Fontaine, Françoise Le Gloahec,
Mireille Saver, Corinne Machon,
Sophie Domergue, Margreth Frankoé
y Laurence Mocquet

Ilustraciones de Liliane Crismer

El rey, el pequeño príncipe y el hada del bosque

Calouan

Érase una vez, en un lejano reino, un rey que vivía solo con su hijo, un joven príncipe dulce y afectuoso.

Vladislas era un rey justo que adoraba a su hijo Igor.

A Vladislas le encantaba ir de cacería con los nobles vecinos.

Pero al hada del bosque no le gustaba que los hombres cazaran en sus tierras. Por eso un día decidió darle una lección al rey, y se robó al joven príncipe Igor.

Cuando Vladislas regresó de la cacería, no vio a su hijo.

El hada del bosque lo esperaba:

—Vladislas, cuando cazas matas a los animales que viven en mis tierras. Para castigarte, me robé a Igor y lo transformé en animal. Vivirá en el bosque durante un año... si tú no lo matas.

El rey, desconsolado, de inmediato prohibió la cacería en todo el reino.

Al día siguiente el rey fue al bosque. Allí encontró a un conejo y le preguntó:

—Conejo, amigo, ¿eres tú mi hijo Igor?

—No, no soy tu hijo. Y tampoco soy tu amigo porque mataste a mi padre y a dos de mis hermanos.

Vladislas se arrodilló ante el conejo y le pidió perdón.

Un día después encontró a un zorro.

—Zorro, amigo, ¿eres tú mi hijo?

—No, no soy tu hijo. Y tampoco soy tu amigo. Tú mataste a mi esposa.

Vladislas se arrodilló ante el zorro y le pidió perdón.

Al día siguiente vio a un ciervo.

—Ciervo, amigo, ¿eres tú mi hijo?

—No, no soy tu hijo. Y tampoco soy tu amigo porque mataste a mis cervatillos y...

Vladislas no podía más. De cualquier forma, regresó al bosque todos los días durante un año. Lo que descubrió lo aterrorizó a tal punto que decidió no volver a cazar nunca más. Al terminar el año, Igor regresó al castillo.

La alegría de Vladislas fue infinita.

Y preguntó:

—Hijo mío, te busqué en cada rincón del bosque, todos los días de este largo año. Dime, ¿en qué animal te convertiste?

—En ninguno. Viví todo el tiempo con el hada del bosque. Me alegra saber que ya no volverás a cazar. Eres el mejor de los reyes... ¡Y el mejor de los papás!

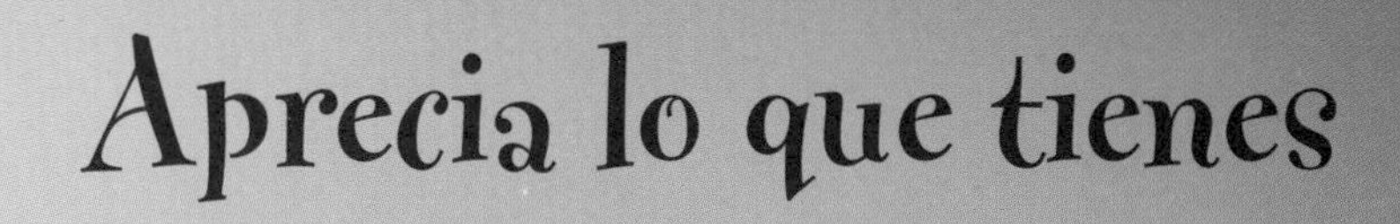

Aprecia lo que tienes

Katy Fontaine

Todas las noches, el hada Perla conversaba con su gran amigo Salto, el bebé delfín. Sentada en las rocas, escuchaba a Salto contar con pasión sus aventuras acuáticas y se imaginaba bajo el agua, a su lado, explorando ese mundo desconocido.

Mientras que el sueño de Perla era visitar el océano, el de Salto era volar.
—Salto, ¡tengo una idea! ¿Qué tal si le pido a la Reina de las hadas que cumpla nuestros deseos? ¡Tal vez acepte!
Sin perder el tiempo, el hada se dirigió al palacio muy decidida.
¡Imaginen la sorpresa de Salto al ver a su amiga regresar con la Reina de las hadas!
El delfín estaba tan contento que dio grandes saltos sobre el agua.

—Tú primero... —le dijo la Reina a Salto— te pondré alas y Perla te enseñará a volar.

Entonces apuntó su varita mágica hacia el delfín y ordenó:

—¡Un par de alas agitarás y así volarás!

Enseguida, el delfín se elevó por los aires y ¡de su espalda surgieron dos soberbias alas azules repletas de estrellas mágicas!

Perla alcanzó a su amigo, que empezó batiendo las alas torpemente, pero no tardó en aprender a utilizarlas. El hada volaba a su lado para guiarlo.

—¡Vuelo! ¡Vuelo! ¡Es increíble! —exclamaba el delfín, maravillado.

Cada vez más a gusto con sus alas, Salto quiso aventurarse sobre el bosque del que tanto le había hablado su amiga. Estaba impresionado con los árboles, los campos y el maravilloso color esmeralda con que los matizaba la luna llena.

De pronto... ¡BUM! ¡BUM!

El ruido sobresaltó tanto al delfín que Perla perdió el equilibrio.

—¡Cuidado Salto! ¡Son cazadores! ¡Rápido, alejémonos! —gritó el hada.

¡BUM! ¡BUM! Resonaron de nuevo las balas...

A toda prisa, Salto se lanzó hacia la playa con Perla volando a su lado. El pobre delfín sólo quería una cosa: regresar al mar.

—¡Oh, su Majestad! —dijo Salto, sin aliento, cuando regresó con la Reina—, volar es extraordinario, pero después de todo prefiero el océano... Allí me siento más a gusto.

—Los cazadores no pueden ver a las hadas —respondió la Reina—, pero para ti volar es muy peligroso.

Y la Reina hizo desaparecer las hermosas alas que el delfín ya no quería.

Al día siguiente, de madrugada,
la Reina y Perla fueron a la playa.
—Ahora es tu turno, Perla
—dijo la Reina sonriendo.
Y, con un toque de su varita mágica,
convirtió las piernas del hada en una
hermosa cola de sirena.
—Tus aletas moverás y así
nadarás —ordenó.
Perla se sumergió en el agua... Riendo,
giraba alrededor de su amigo el delfín
y se puso a nadar cada vez más rápido,
divirtiéndose con unos pececillos.

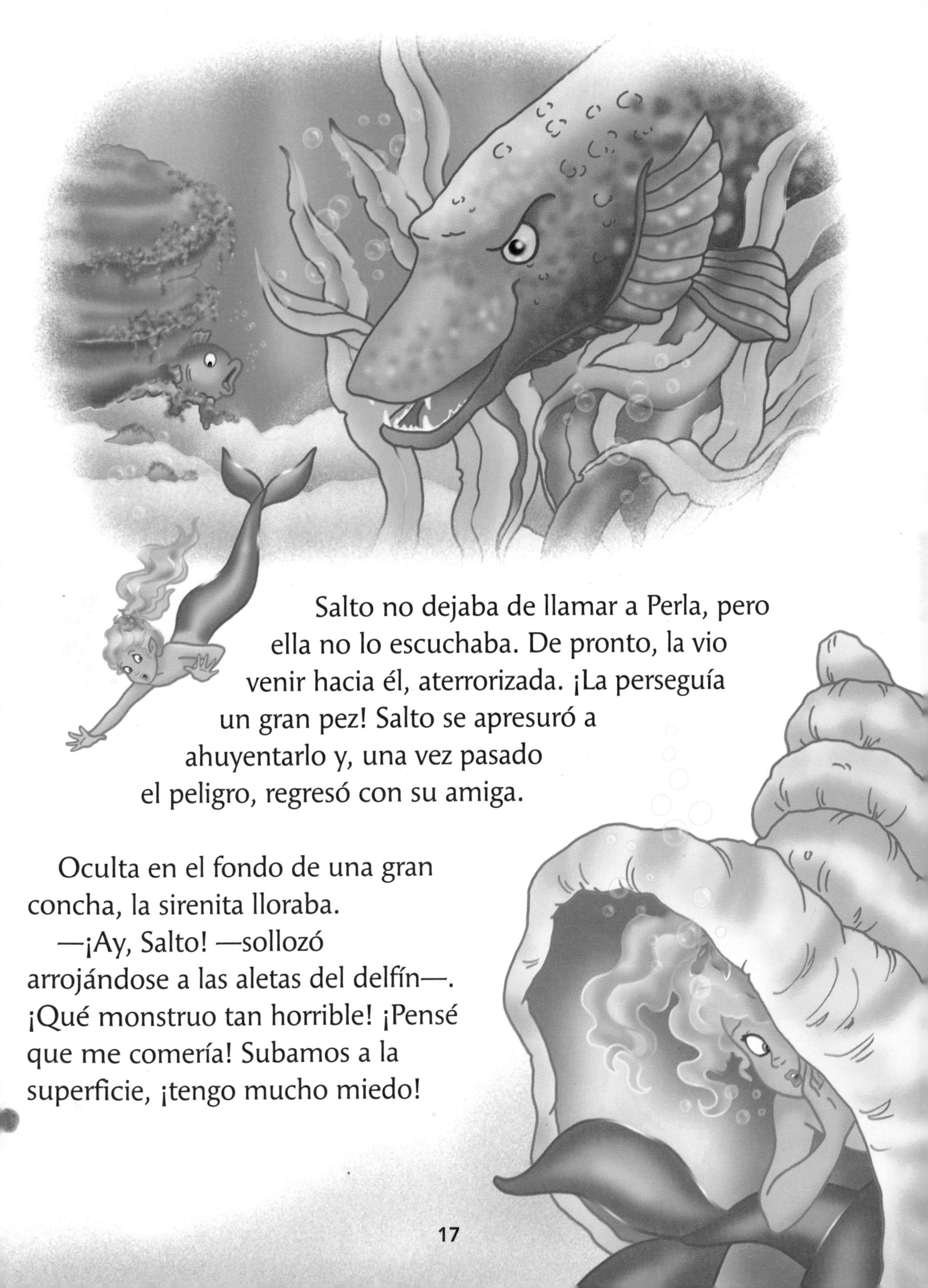

Salto no dejaba de llamar a Perla, pero ella no lo escuchaba. De pronto, la vio venir hacia él, aterrorizada. ¡La perseguía un gran pez! Salto se apresuró a ahuyentarlo y, una vez pasado el peligro, regresó con su amiga.

Oculta en el fondo de una gran concha, la sirenita lloraba.

—¡Ay, Salto! —sollozó arrojándose a las aletas del delfín—. ¡Qué monstruo tan horrible! ¡Pensé que me comería! Subamos a la superficie, ¡tengo mucho miedo!

Entonces la Reina le devolvió a Perla su aspecto de hada.
—Nunca olviden que no deben ser envidiosos,
aprecien lo que tienen, cada cual en su mundo
—concluyó la sabia Reina de las hadas.
Nuestros amigos estuvieron de acuerdo y
prometieron que en el futuro se contarían sus aventuras
como solían hacerlo antes, sin pedir más.

El hada que se metía el dedo en la nariz

Françoise Le Gloahec

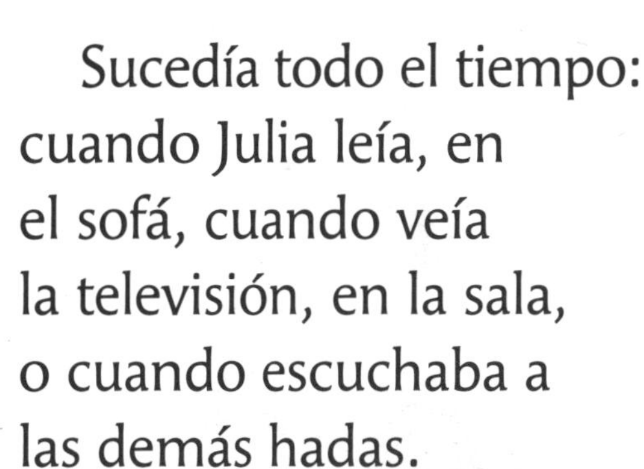

Érase una vez una pequeña hada que se metía el dedo en la nariz, sin siquiera pensar en ello, sin siquiera darse cuenta. ¡No podía hacerse nada para corregirla! Cuando Julia se aburría, su dedo se espabilaba, se movía y se retorcía. No había forma de evitarlo... Luego se apuraba, y ¡hop! Se deslizaba hacia la nariz. Le hacía cosquillas un rato. Luego se instalaba en ella. Y como Julia nunca se lo prohibía, el dedo se aprovechaba.

Sucedía todo el tiempo: cuando Julia leía, en el sofá, cuando veía la televisión, en la sala, o cuando escuchaba a las demás hadas.

A menudo su madrina la regañaba:
—¡Julia! ¡Saca el dedo de tu nariz!
¡Ya basta! ¿Qué hace tu dedo allí?
Si sigues así, te crecerá la nariz,
se parecerá a la de un cerdito,
y ¡así se quedará!
Con cada regaño, la pequeña hada
se sobresaltaba y todos se fijaban en el
descarado dedo dentro su hermosa nariz.
—¡Acércate, hada fea! —insistía
la madrina, exasperada—
tenemos que hablar.

Julia susurraba:

—No tengo ganas... ¡Quiero quedarme aquí!

Detestaba que su adorada madrina la regañara, sobre todo delante de demás hadas.

—Madrina, déjame explicarte. ¡Mis dedos son mágicos! Se mueven solos sin parar. Nunca me escuchan.

—¿Dedos mágicos?

El hada madrina tuvo una idea para ayudar a Julia, su querida ahijada, y acabar con su horrible manía.

—¿Qué dedo acostumbra deslizarse en tu nariz?

—Es siempre éste —dijo Julia— el de la mano derecha, ¿lo ves?

Y extendió la punta de su pícaro y vivaracho dedo.

—¡Dejen de fingir, dedos! ¡Mi madrina me ayudará! ¡Seguro!

—¡Lo tengo! —exclamó el hada madrina— ¡Vamos a poner a esta manita ociosa a hacer algo! ¡He aquí el remedio único! ¡Tu primera varita mágica!

Los dedos de Julia sujetaron la varita de vidrio.

—Entonces, ¿ya soy una verdadera hada? —preguntó Julia, muy orgullosa.

—¡Sí! —dijo la madrina— y una verdadera hada no se mete el dedo a la nariz. ¡Ven, abrázame!

El deseo del Gran Lobo Feroz

Calouan

Esta noche, el Gran Lobo Feroz está cansado.
Tendido en la hierba, lloriquea:
—Ya me cansé de corretear a los tres cerditos y de acabarme el aliento en sus casas, ya me cansé de disfrazarme de Caperucita Roja, ya me cansé de luchar contra la cabra del señor Seguin.
Soy muy desgraciado. ¡Ya no puedo más!
Silvina, la pequeña hada del bosque, ha escuchado al Gran Lobo Feroz y quiere ayudarlo.

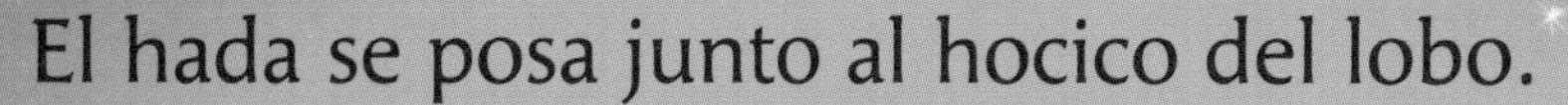

El hada se posa junto al hocico del lobo.

—Y bien, ¿qué te pasa?

—¡Ay, Silvina! ¡Si tú supieras! ¡Me gustaría cambiar! Me gustaría que los demás me quisieran. Todos me temen y no tengo amigos...

—No es fácil tener amigos cuando sólo piensas en comerte a quienes te rodean —lo sermonea Silvina.

—¡Lo sé! ¡Y quiero cambiar! Estoy cansado de la vida que llevo. Ya no me divierte en lo más mínimo. ¿Puedes ayudarme, gentil hada?

—Gran Lobo Feroz, como todos los animales del bosque, tienes derecho a pedir un deseo en tu vida. El día ha llegado. ¡Pide tu deseo y lo cumpliré! Pero cuidado, piénsalo bien porque sólo tienes derecho a un deseo. No te vayas a equivocar...

El lobo ya lo pensó. Levanta solemnemente una pata y declara:

—Yo, el Gran Lobo Feroz, le pido al hada del bosque, aquí presente, que me transforme en el Gran Lobo Bondadoso por el resto de mi vida.

Desde ese día, el lobo ya no aterroriza a nadie en el bosque, donde vivirá para siempre rodeado de amigos.

El hada de los animales

Calouan

Nena Pamoli es un hada muy colorida. Con su falda anaranjada, verde y amarilla, su enorme sombrero de listones de todos los colores, adornado con una mariposa, y sus sandalias rojo vivo, no pasa desapercibida. ¡Al contrario! Nena Pamoli es el hada de los animales. Todos los días cura sus múltiples malestares, tanto los ligeros como los más graves. Zorros, ratones, ardillas, aves, ciervos, conejos... todos la quieren y saben cuán valiosa es para ellos.

Basta con que Nena se incline sobre los animales heridos y observe sus lesiones unos instantes, para que sepa cómo ayudarlos. Los cura con un toque de su varita mágica. Pero Nena es más que una doctora para los animales. Los mima, les hace caricias, los abraza, los cubre de tiernos besos... ¡Una verdadera hada!

Una noche, Nena Pamoli descubre a lo lejos a un curioso animal. Es un caballo de un color blanco inmaculado con un largo y elegante cuerno en la frente, como un pirulí.

—¡Buen día, criatura encantadora! ¿Qué puedo hacer por ti?

El caballo se inclina y Nena Pamoli logra percibir una herida en su hocico.

—Me llamo Nur —dice el animal en un suspiro—. Soy un unicornio y vengo de tierras lejanas. ¡He escuchado hablar tanto de ti, Nena Pamoli! Me lastimé y estaría muy agradecido si pudieras curarme.

Agotado, Nur se tiende en el suelo y lanza una mirada desesperada al hada que va a salvarlo. Nena se quita su voluminoso sombrero con listones de todos los colores y levanta su hermosa falda. Sin una palabra, pero con mucho amor, se arrodilla junto al unicornio y le acaricia el hocico. El unicornio empieza a sentir alivio y, lleno de confianza, cierra los ojos y se entrega a los cuidados de Nena Pamoli. El hada habla, tararea dulces melodías y de vez en cuando besa al unicornio tiernamente en el hocico.

Luego, susurra unas palabras mágicas y aparecen cientos de estrellas que se posan suavemente sobre los párpados del unicornio. Agotado, éste por fin se queda dormido. Al despertar, Nur estará curado y podrá regresar a su lejana comarca.

Nena está feliz. Una vez más ha logrado curar a un animal. La pequeña hada de los animales se vuelve a poner el sombrero, cuya mariposa está más orgullosa que nunca, y se sacude la colorida falda. Luego, se retira de puntitas para no despertar al unicornio que tanto necesita recuperar sus fuerzas.

—¡Hasta pronto, mi hermoso amigo! ¡Y buen viaje! Ven a verme cuando quieras —murmura Nena antes de emprender el vuelo.

Besos

Calouan

Eulalia es el hada de los besos. Se los da en la mejilla a los niños que están tristes, que tienen miedo, que se han lastimado.

Los lanza por puñados en parques infantiles.

Los hace volar por montones en días de mercado.

Los desliza en el corazón de abuelos cansados o solitarios.

Los hace resonar en la nariz de las recién casadas, de las madres radiantes, de los padres satisfechos.

Los deposita en la frente de los niños que se duermen, de los padres que se despiertan.

Hace que miles de ellos suenen en el hocico de los animales abandonados.

Se los ofrece a quienes los necesitan, a quienes gustan de ellos, pues todo lo vuelven cálido y dulce.

¡Mira! Eulalia también te envía uno a ti. ¡Atrápalo! Es sólo para ti.

El color de las flores

Mireille Saver

Hace mucho, mucho tiempo, en un país secreto y rodeada por decenas de pequeñas hadas de siluetas translúcidas, vivía la reina de las hadas de la naturaleza. Las haditas se deslizaban en el viento o se zambullían en las nubes, divirtiéndose con los rayos de luna. Siempre sonrientes, las hadas animaban con su parloteo los días de la reina. En efecto, la reina siempre estaba un poco melancólica. El país donde vivía era completamente gris.

Desde hacía muchos años, la reina pensaba en la forma de cambiar tan triste paisaje. Al ver a las haditas volando a su alrededor, alegres y juguetonas, la reina tuvo una idea.

En seguida, llamó al hada del agua, al hada de los árboles y al hada de las flores.

Al hada del agua le dijo:

—Para que la vida sea más dulce, haz que los arroyos musiten y las cascadas canten.

Luego le dijo al hada de los árboles:

—Para alegrarnos la vista, colorea las hojas de los árboles.

De inmediato se escuchó el ruido tranquilizador del agua y los árboles se tiñeron de verde, ocre o púrpura.

La reina, satisfecha con el resultado, le pidió a la tercera hada que coloreara todas las flores.

—Pídele a cada una de las hadas que se impregne de los colores del arco iris y los deposite en las flores y los campos.

Entusiasmadas, las pequeñas hadas emprendieron el vuelo hacia el arco iris. Luego, riendo de alegría, eligieron un color cada una.

Así, la violeta se tiñó de violeta; el frágil pensamiento, de añil; los pétalos del aciano se cubrieron de azul; los campos se impregnaron de verde; el botón de oro se tiñó de amarillo, la caléndula de naranja y la amable amapola se ruborizó con el rojo.

Todas las haditas participaron tiñendo las flores. Todas salvo una: el hada Julieta. Siempre distraída, el hada Julieta se quedó jugando con las mariposas cerca de una fuente.

No escuchó las órdenes de la reina.

Pero cuando, a la luz de la luna, la reina le preguntó a cada hada lo que había hecho, Julieta se puso tan blanca como su vestido y por poco se desmaya.

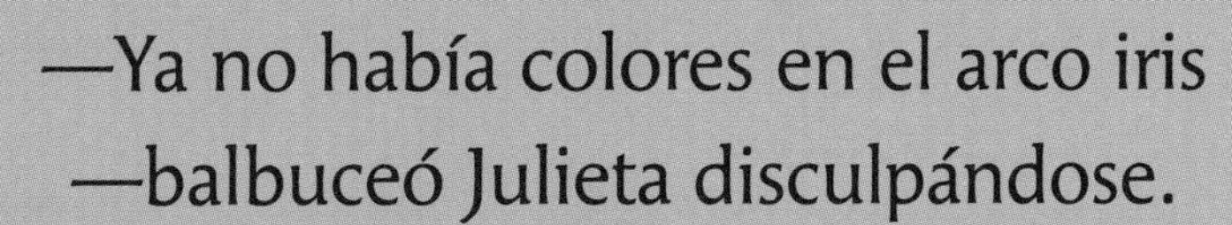

—Ya no había colores en el arco iris
—balbuceó Julieta disculpándose.
—¡Pues ingéniatelas! Quiero que tú también seas responsable del color de alguna flor —dijo la reina, malhumorada.

Entonces Julieta voló hacia la pradera. Allí vio, agitándose a merced del viento, una florecilla gris con pétalos tan finos, tan delicados, que el hada se posó en ella para llorar y le arrancó los pétalos uno a uno para secarse las lágrimas.

Luego, cuando terminó de usar todos esos pañuelos improvisados, saltó a otra flor.

—¡No vayas a deshojar todas las margaritas de la pradera! —le dijo el hada de las flores, que la vigilaba de lejos.

—Pero no tengo ningún color —dijo Julieta sollozando.

—Deja de llorar y observa esta hermosa flor. Es tan blanca como tus mejillas y tu vestido. Has encontrado tu color: ¡el blanco! —afirmó el hada de las flores.

Feliz, Julieta empezó a volar de margarita en margarita y así llenó la pradera de hermosas manchas blancas.

Desde ese día, la naturaleza cambia sus adornos con cada estación, ofreciendo a nuestros maravillados ojos un espectáculo multicolor que nunca deja de renovarse. Y cuando el trigo se agita a merced del viento, el murmullo que escuchas es el parloteo de las haditas que esparcen su hermoso color de flor en flor.

Ninfa, el hada de las flores

Calouan

Pequeña como un insecto, Ninfa es el hada de las flores. Cada noche duerme en el cáliz de una flor, se viste de pétalos y se sujeta el cabello con una aguja de pino. Cuando sale el sol, Sily, la mariquita, deposita una gota de rocío en la flor para que Ninfa, recién levantada, pueda lavarse.

La minúscula hada,
con un toque de su pequeñísima varita,
da a las flores un color deslumbrante,
un olor embriagador y un brillo
inigualable.

Gracias a Ninfa, los jardines
son obras de arte donde la
alegría de vivir es un deleite.
Esta mañana, Sily llega
alegremente con una gota
de rocío pero, cuando la flor
abre los pétalos, no hay rastro
alguno de Ninfa.

—¿Dónde está nuestra hada? ¿Dónde está Ninfa? ¡Ninfa ha desaparecido! ¡Hay que encontrarla!

Abejas, mosquitos, moscas y mariquitas, mariposas, escarabajos y abejorros, todos inician la búsqueda.

—¡Ninfa, Ninfa! —se escucha por los jardines.

En unos minutos, todo el mundo está pendiente. Los lirios divulgan la noticia, las campanillas hacen sonar sus cascabeles. Pero, de repente...

—¡Shh! ¡Observen!

Se hace el silencio. Allí está Ninfa, dormida en una cáscara de nuez.

¡Todos sus amigos respiran! Han encontrado a su hada. Esperan a que despierte, sin hacer ruido. Por fin, Ninfa abre un ojo, ve que está rodeada y ríe, divertida.

—Anoche hacía mucho calor y vine a dormir en esta cáscara, que estaba más fresca. ¿Se preocuparon por mí?

Todos se tranquilizan. Ya nada amenaza su alegría, ¡Ninfa no ha desaparecido! Hoy habrá una gran fiesta para olvidar el susto matinal. Y Ninfa promete que regresará a dormir a su flor.

El hada de las groserías

Françoise Le Gloahec

Margot está castigada.

—¿Hiciste una tontería? —le pregunta Nieves, la chica del carrusel.

—Digo demasiadas groserías y eso está prohibido entre las haditas bien educadas. Mi madre está enfadada.

Las alas de Margot están desaliñadas y sus ojos húmedos. Grandes lágrimas corren por sus mejillas:

Nives la anima:

—¿A quién le daré unos besitos en el cuello? ¡Vamos, sonríe! No es culpa tuya que las groserías se escondan en tu boca y salten, se deslicen entre tus dientes y todos las escuchen.

—¡Ah! ¡Allí está tu mamá!
—Hoy tu varita mágica se queda en casa.
Ése es tu castigo, Margot.
—¡Seré educada, mamá! ¡Te lo suplico!
—¡No me interesa! ¡Arréglatelas
sin tus poderes!
Margot estaba afligida.
—Ven a mi carrusel —propone Nieves—.
Te divertirás.
—¡No quiero jugar!, ya no tengo mi varita, así
no tiene chiste —solloza Margot.
Nieves se impacienta.
—¿Acaso las haditas nunca dejan de lloriquear?

¡Uf! Cómo se aburre Margot. Por eso no tarda en alcanzar a su amiga.
Y ambas se suben en dos hermosos caballos. El carrusel arranca.
Las crines de los caballos vuelan muy alto, como
el cabello de Margot. ¡Ay! ¡Ya terminó!
—¡Por favor, Nieves! ¡Demos otra vuelta en el carrusel!
La música la hace reír.
—¿Quién es esa dama? ¡Parece una princesa!
—¡Es un hada! —responde Nieves—. ¡El hada del carrusel!
Un hada falsa de madera, no es real como tú y yo.

Margot se sienta en las rodillas
del hada de madera. Toca su varita,
también de madera. Luego piensa
en su madre que la espera en casa.
Y entonces lamenta todas las groserías.
Las que dijo de más.
—Pero ya no las digo. ¡Desde
hace diez vueltas, o más!
Margot desciende.
—Me voy. Buscaré a mi mamá.
¡Hasta pronto, Nieves! ¡Nos vemos
mañana en el carrusel!

El hada Pepinillo

Corinne Machon

—Lo siento mucho —le dijo mamá a Julián, dándole una carta—, no podemos hacer nada. Tu árbol está viejo y muy mal ubicado. Estorba la visibilidad y no podemos arriesgarnos a que el viento lo tire sobre la carretera. Mañana por la mañana lo cortarán.

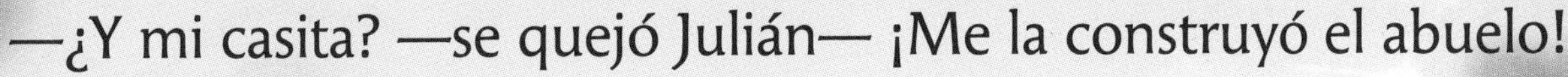

—¿Y mi casita? —se quejó Julián— ¡Me la construyó el abuelo!

—No seas terco... Te construiremos otra en otro lado. Si quieres, puedes pasar una última noche arriba de tu árbol. Lleva un tentempié y, ante todo, abrígate bien.

Sentada en una minúscula rama, un hada no había perdido detalle de la conversación.

Julián abrazó el tronco de su árbol, como lo habría hecho con un amigo. Cerró los ojos y acarició suavemente la corteza.

—¡No te preocupes! —murmuró.

Luego subió la escalera y se sentó en su casita. Sacó su emparedado de jamón y lo mordió sin mucha hambre.

De pronto se oyó ¡plif, plaf, plof! Algo cayó en el frasco de los pepinillos, salpicando todo.

—¡Insecto estúpido! ¿Te quieres suicidar o qué?

Julián tomó la pinza para pepinillos para sacar al desgraciado bicho que gesticulaba haciendo olas.

—¿Pero qué es esto? —gritó el niño.
En la punta de sus pinzas apareció un hada empapada,
tosiendo, escupiendo y vociferando a todo pulmón.
—¡Bájame ya, jovencito! ¡Mis alas se van a arrugar!
Luego de una decena de palabras mágicas equivocadas,
el hada por fin logró ponerse ropa seca y limpia.

—Permíteme presentarme. Soy el hada de las 20:53. Estoy aquí porque precisamente a esa hora deseaste algo muy preciso.

Frunciendo el ceño, el niño examinó a la intrusa. Era pequeña, regordeta y vestía un traje de épocas pasadas y medias multicolores. ¡Sólo unas alas finas y traslúcidas probaban que esta extraña dama era un hada!

—¡Más bien eres el hada Pepinillo! —bromeó Julián, doblado de la risa.

—Me... me estoy recuperando de una gripe terrible —dijo el hada tosiendo—, mis poderes están, como quien dice, convalecientes. Pero sé lo que te pasa. Conozco la historia del árbol que el ayuntamiento quiere cortar. Y estoy aquí para ayudarte a encontrar una solución.

—¿En verdad?

—¡Naturalmente!

—Entonces transporta mi árbol a un lugar donde no le estorbe a nadie.

—¡No! —respondió el hada en tono firme— ¡No puedo hacer eso!

—Lo sabía —dijo Julián, perdiendo toda esperanza—, me tenía que tocar el hada más torpe de todas. Dime, ¿cómo voy a confiar en alguien que lleva medias multicolores?

—Entiéndeme bien, joven atolondrado, mover tu árbol sería un grave error. Los adultos no deben saber que existe la magia. Todos se volverían locos si lo supieran.

Julián comprendió. Le pidió disculpas al hada y ambos comenzaron a buscar una solución.

El niño despertó entre gritos y ruidos de cámaras fotográficas. El sol brillaba.

Miró por la ventana de su casita y vio un grupo de gente alrededor de su árbol. Incluso estaba la televisión y el alcalde hablaba con los periodistas.

—¡Esto es lo que llamo una solución eficaz! —dijo el hada, tomando a Julián de la mano—. Escucha bien...

—¡Lo que ha pasado en nuestra alcaldía es fantástico! —dijo el alcalde—. Dejaré que el profesor que me acompaña les explique.

—Una pareja de
aves del género *Voli volarus,*
que creíamos extinto desde hace
mucho, llegó a anidar aquí. Es una
gran oportunidad para la ciencia.
Nada debe cambiarse alrededor de este árbol
para asegurarles a estas aves serenidad y una larga vida.
Julián no podía creerlo. ¡No lo había soñado!
¡Y esta extraña hadita lo había arreglado todo!

—¡Qué bueno que no presté mucha atención a la forma en que te burlaste de mí! ¡Estoy feliz de haberte ayudado!

—Es que nunca había imaginado que las hadas fueran como tú... —respondió Julián, avergonzado—. ¡Pero te aseguro que no volveré a burlarme de ti!

—Ahora sabes que no hay que juzgar de acuerdo con las apariencias.

Y la hadita desapareció en una polvareda de estrellas.

Julián estaba muy contento. No sólo conservó su árbol, sino que además consiguió a dos nuevos compañeros de juego.

Las hadas del Arco iris

Calouan

En el país del Arco iris, todas las hadas tienen un color propio. El hada Arándano vive en medio de golondrinas. En su jardín crecen flores celestes y cardos. Sus ojos parecen dos pequeñas lagunas en las cuales sumergirse es un placer.

El hada Cereza saborea jugosas frutas durante todo el día: relucientes manzanas, grosellas, fresas, rebanadas de sandía. Sus labios de color bermellón están para morderse. Su sombrero es una amapola que ella cambia en cuanto se marchita.

En su huerto crecen hermosos tomates, bajo la mirada divertida de cientos de mariquitas.

El hada Limón tiene piernas largas y finas. Trenza hábilmente sus cabellos de oro y, cuando vuela, sus zapatos de color crisantemo brillan en el cielo y relucen con el sol. Limón adora los dientes de león, que deshoja mientras bromea. En su jardín, las abejas se posan en la retama y el maíz está en su punto.

El hada Helecho, ligera e impulsiva, salta sin parar, como una rana, y lanza chícharos al estanque. Se cose la ropa con hojas de nenúfar. Las lechugas de su jardín están llenas de oruguitas que se pasean.

También está el hada Clementina, que enloquece por el jugo de naranja y las calabazas. El hada Castaña, a quien le encanta comer chocolate con avellanas y chapotear en el lodo. El hada Nieves, que siempre está limpísima, aun cuando saborea su crema chantilly. El hada Violeta, que lleva un adorno de lilas en su espeso cabello rizado, devora ciruelas y hace sabrosas berenjenas gratinadas. Y están todas las demás; te invito a conocerlas en el país del Arco iris.

Ciruela y Clementina

Sophie Domergue

Había una vez, en un gran bosque, un pueblo pequeñito. Las casas eran minúsculas y los habitantes aún más. Allí vivían las pequeñas hadas del bosque. Cada una se ocupaba a su manera: una hacía crecer las flores, otra alimentaba a los animales, otra más enseñaba a las hadas aprendices...

Era un pueblo muy alegre y agradable.

Sin embargo, una mañana se escuchó un gruñido inquietante que provenía de un gran matorral. Todas las hadas, aterrorizadas, se ocultaron en sus casitas, pero el gruñido se hacía cada vez más fuerte y las hadas tenían que saber de qué se trataba. Clementina decidió tomar el asunto en sus manos. Era un hada muy alegre y llevaba un vestido de colores naranja y oro. Salió de su escondite y se dirigió al centro del pueblo. Su amiga Ciruela, con una túnica violeta y plata, temerosa de que algo le pasara, la acompañó.

Caminaron hacia el matorral
y vieron que se trataba de un
lobezno que parecía muy agresivo.
Gruñía y mostraba los dientes.
Al verlo, las pobres hadas se
asustaron y huyeron.

La bestia empezó a perseguirlas. Las hadas,
aterradas, sacaron sus varitas mágicas.
Con un "¡Abracadabra!" se convirtieron en
dos hermosos pájaros de colores oro y plata.
El lobezno dejó de correr y se sentó.

Clementina se posó en su cabeza
y Ciruela en su espalda. El animal
continuó gruñendo.
—¿Qué te ocurre lobito?
El lobo giró sobre sí mismo,
como para atrapar su cola.
Sí, era eso, trataba de morderla.

Ciruela se acercó a la cola
y la vio de cerca. Entre los pelos
grises había una espina que
estaba muy enterrada. Ciruela
llamó a Clementina.

—Ya entendí —le dijo—, esta
espina le hace mucho daño.
Creo que se pone agresivo
porque le duele. Ayúdame
a levantarlo.

Las hadas se transformaron
y sacaron sus varitas.

—¡Abracadabra!
—dijeron en coro.

La espina desapareció.

El lobezno dejó de moverse. Se acostó
y las dos hadas se acercaron.
—Ya está, lobito. Ahora eres libre.
Regresa a tu casa, ya estás curado.
El animal les lamió la cara y luego se fue corriendo.
Cuando regresaron al pueblo, Ciruela y Clementina
fueron recibidas con alegría y las felicitaron por su valor.

Morfeo

Calouan

Esta noche Víctor se despierta
sobresaltado: escuchó un
ruido extraño. Está oscuro
y de pronto se siente muy solo.
—¡Mamá! —grita con todas
sus fuerzas.
Entonces aparece una suave
luz alrededor de una hermosa
dama de largos cabellos azules.
—No temas, pequeño Víctor.
Soy Morfeo, el hada de los
sueños. Vengo a conducirte
de nuevo a tu sueño...
Déjate llevar...
Víctor sonríe y, cuando Morfeo
rocía polvo de hada sobre su
cama, cierra los ojos, confiado.
Así, cuando llega su mamá
a la habitación, Víctor
ya está dormido.
—Sin duda tuvo una pesadilla
—murmura la madre, antes de
cerrar suavemente la puerta—
¡Buenas noches, pequeño!

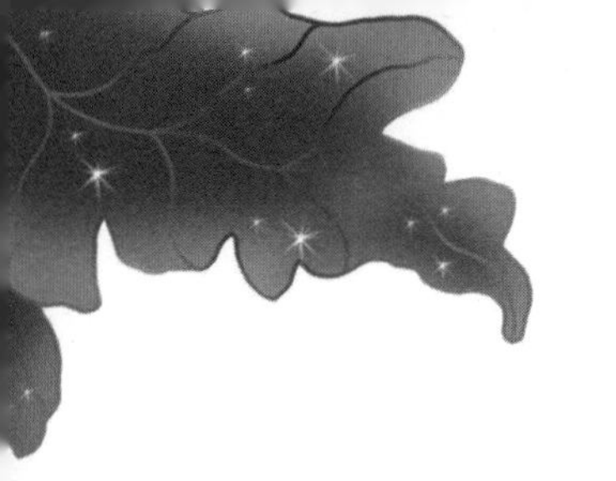

La curiosa hada del invierno

Katy Fontaine

En el reino del centro del bosque vivían todas las hadas y, entre ellas, las de las cuatro estaciones. Estas cuatro hermanas se llamaban Primana, Verana, Otona e Inverna. Su función era hacer respetar el equilibrio de las estaciones en la Tierra.

Un día de verano, Inverna se aventuró muy lejos en el bosque. La noche comenzaba a caer e Inverna se posó en una rama para admirar el paisaje. A lo lejos, vio una montaña en cuya cima se erguía un viejo castillo. Una lucecita brillaba en lo alto del torreón.

—¿Quién podrá vivir allá arriba? Iré a ver... —pensó el hada curiosa.

En poco tiempo llegó a la ventana entreabierta ¡y vio un magnífico pastel sobre la mesa! El hada se acercó. Mmm, qué bien olía la fresa... Y como Inverna era muy golosa, colocó su varita junto al plato y probó una fresa. Apenas había comido un bocado cuando escuchó un gran ruido encima de ella. ¡CLAC! ¡Una jaula de vidrio había caído sobre el plato! Sin su varita mágica, no había nada que hacer... ¡El hadita estaba prisionera!

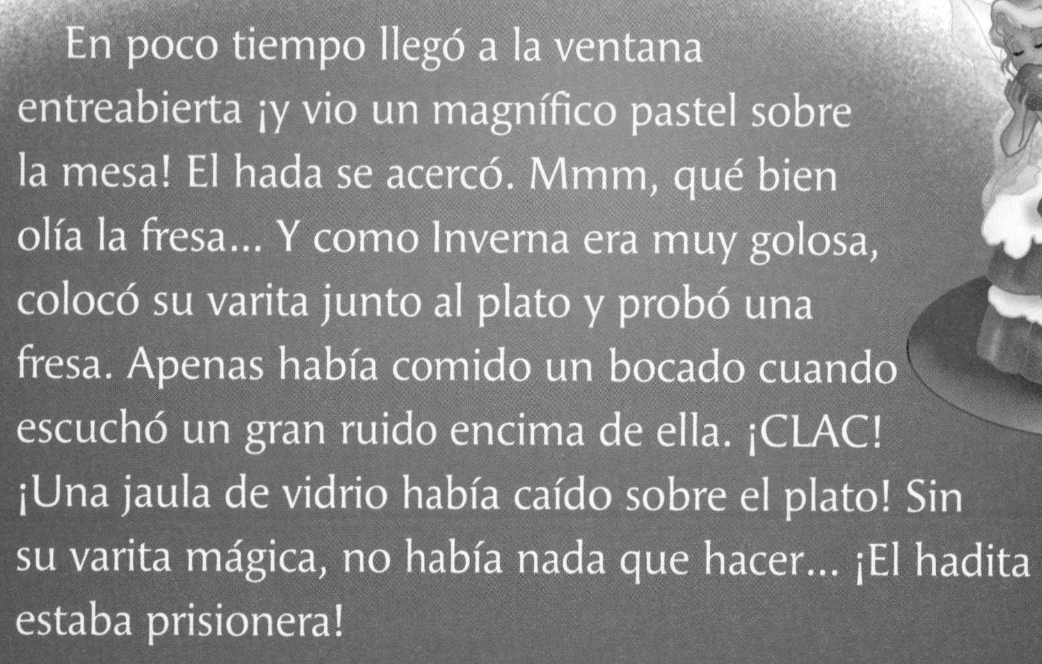

—¡Ajá! ¡Un hada! ¡Jamás pensé capturar una presa tan hermosa! —exclamó un ogro al entrar a la habitación.

Temblando de miedo, Inverna se refugió detrás del pastel. El ogro llevó al hada a una gran habitación llena de jaulas. Allí, Inverna vio pájaros, ardillas, conejos, todos igualmente tristes. El ogro puso la varita mágica sobre la chimenea y arrojó a la pobre Inverna en la jaula de un ratoncito.

—¿Cómo voy a salir de aquí? —se preguntó la pobre hada, abrazando al amable ratoncito.

Por fortuna, Primana lo había visto todo. Aquella noche había decidido seguir a su hermana para saber a dónde iba.

Como sabía que sus poderes no bastaban para combatir al ogro, el hada de la primavera emprendió el vuelo para buscar a sus otras dos hermanas y a la reina de las hadas.

Primana tuvo que colarse entre los enormes copos de nieve que empezaban a caer, pues el encarcelamiento del hada del invierno había estropeado el ciclo de las estaciones.

—¡Partamos de inmediato! —dijo la reina tras haber escuchado el relato de Primana. Enseguida, las tres hadas y la reina llegaron al castillo del ogro. Era de noche y nevaba intensamente.

Inverna se puso feliz cuando vio llegar a sus hermanas con la reina.

—Una jaula de vidrio... ¡Hay que unir nuestras fuerzas para romperla! Inverna, ¡resguárdate detrás del pastel! —ordenó la reina.

Todas al mismo tiempo, las hadas apuntaron sus varitas hacia la jaula y un resplandor de estrellas mágicas rompió el vidrio en mil pedazos...

Una vez libre, Inverna recuperó su varita mágica y ayudó a sus hermanas a romper las jaulas de los pobres animalitos.

—¡Por fin libres! —gritaban, felices.

—¡Shh! Escuchen... Pasos...
¡Es el ogro que regresa!
—murmuró Inverna.

—¡Prepárense! —dijo la reina
y pronunció las palabras mágicas
—¡Que escarcha y frío seas para siempre!

El ogro no tuvo tiempo de comprender
lo que le ocurría cuando se quedó inmóvil.
Se había transformado en estatua de hielo
para toda la eternidad. Las hadas y los
animales gritaron de felicidad y le
dieron las gracias a la reina.

Cuando las hadas y los animales salieron del castillo, Inverna desató una tempestad de nieves eternas que duraría hasta que la abominable morada quedara sepultada, incluyendo la punta del torreón. Ahora la montaña tenía una cima inmaculada.

—¡Es perfecto! —dijo la reina de las hadas—, a partir de este momento nadie se aventurará en ese lugar.

—Su majestad, prometo que nunca más volveré alejarme... —murmuró tímidamente Inverna.

En el reino de las hadas, todo regresó a la normalidad. El hermoso verano recuperó sus derechos y derritió la nieve en el valle. Inverna continuó paseándose en el bosque con sus nuevos amigos, los animales, pero nunca más se alejaría del reino de las hadas. A menudo observaba de lejos, muy de lejos, la montaña de nieves eternas y recordaba su desventura. El hada del invierno nunca volvería a ser tan curiosa...

El pacto secreto entre las hadas y las mariposas

Margreth Frankoé

¿Saben ustedes por qué las hadas que se ven en el fondo del bosque o sobre una hoja nunca están tristes ni deprimidas? Es una curiosa historia que he de contarles. Hace mucho tiempo, las hadas, sobre todo las del bosque, estaban muy tristes porque nadie las veía. Por eso se reunían en pequeños grupos y lloraban juntas su desgracia.

Un día, una mariposa se acercó
a las haditas deprimidas
y las escuchó lamentarse.
—¡Pero cuántas lágrimas! ¿Por qué
están tan afligidas, señoritas?
—les preguntó, intrigada.

Todas juntas le explicaron sus desdichas, sus decepciones y sus penas. Hicieron tanto ruido que la mariposa, enloquecida, se elevó en espirales. Luego revoloteó, quedó de espaldas, apenas pudo recuperar el equilibrio y cayó boca abajo en el cuenco de una hoja llena de rocío matinal. Las hadas se carcajearon. La pobre mariposa, apenada, trató de volar, pero sus alas húmedas se lo impidieron.

Entonces las hadas le propusieron que se secara las alas al sol mientras ellas le cantaban sus canciones más hermosas y le ofrecieron un poco de néctar de flores. La mariposa aceptó y se recuperó del susto. Decididamente, estas hadas le parecían muy simpáticas. Y a las hadas esta encantadora mariposa tan temerosa y torpe les parecía muy linda. Al final del día, las nuevas amigas hicieron un pacto secreto.

Cada vez que un hada estuviera triste, tuviera ganas de llorar o de hablar, sólo tendría que llamar a una mariposa y ésta acudiría bailando y revoloteando para hacerla reír. En agradecimiento, el hada le cantaría una hermosa canción. El pacto fue debidamente firmado con una minúscula pluma de ave sobre una hoja de roble y, hasta ahora, siempre ha sido respetado.

Así, si algún día encuentran una mariposa revoloteando de manera extraña, observen bien, seguro verán, no lejos de allí, a un hada riendo alegremente. Casi siempre estará sentada sobre una flor o una hoja muy hermosa. Y las hadas me han confesado que, en ocasiones, llaman a las mariposas sólo por el placer de verlas revolotear. Hay que decir que "revolotear" es una palabra muy linda para una forma muy linda de bailar.

Una sonrisa luminosa

Françoise Le Gloahec

¡Qué gran noticia! El hadita Mireya lleva un aparato bien puesto en los dientes. ¡Es azul y brillante! Mireya está muy orgullosa de su luminosa sonrisa. Es la primera de entre sus amigos. Y con su aparato ya no es como los demás. Ahora ya es "grande". Sus amigos, un poco celosos, le preguntan:

—¿Cuándo tendremos un aparato nosotros?

—Dinos, ¿qué pasa cuando sonríes?

—¡Iiiiii! —sonríe Mireya—. Es lindo, ¿no?

—¡Es hermoso! —grita Luis.

A Luis le encantaría tener el mismo aparato, pero amarillo, del color del sol...

—Hmm... Tu aparato... ¿te molesta? —pregunta Carmen.

—¡Ni siquiera lo siento! —dice Mireya con su hermosa sonrisa metálica.

—¡Pues yo pronto tendré uno verde! Espero... —dice su amiga Clara.

Pero al verse en el espejo, el hada se siente rara. ¿Aún tendrá todos sus poderes? Observa sus dientecitos. Los tapa con los dedos y hace un gesto en el espejo.

Luis adivina lo que pasa:

—Sigues siendo mi hada preferida.

Pero Mireya quiere comprobar que nada ha cambiado. ¡Tip! ¡Tap! Toca su cabeza con la varita, dice una palabra mágica y ¡hop! ¡Se hace dos coletas! ¡Sin lazos!

—¡Otra vez! —gritan sus amigos— ¡Otra vez!

—¡De acuerdo! ¡Boca abierta! ¡Ojos cerrados! —ordena la joven hada.

¡Tip! ¡Tap! ¡Top! Hace la varita sobre las tres cabecitas.

—¡Tip! ¡Verde para Clara!

—¡Tap! ¡Amarillo para Luis!

—¡Top! Hmm... Para ti, Carmen... elijo el azul, como tus ojos.

¡Ya está! ¡Bien hecho! ¡Aparatos bien puestos! ¡Sonrían! ¡Sonrían! Sólo para probar.

—¡Pronto, corran a verse en el espejo!

Con otros tres toques de varita, los aparatos desaparecen.

—¡Uf! A pesar del aparato, ¡sigo siendo la misma hada Mireya!

Minina de hada

Corinne Machon

A Minina le criticaban sus ojos demasiado azules que le daban una mirada extraña. Le criticaban su cola demasiado larga y el hecho de que no quisiera cazar ratones. También le criticaban que se la pasara pidiendo caricias. ¡Pobre Minina! Ya no era una pequeñita y ya no podía conmover a nadie. Por eso iba de casa en casa, buscando una familia que le diera el amor que tanto necesitaba, pero no la encontraba.

En una ocasión, el cielo estuvo cubierto de grandes nubes todo el día y, al final, la lluvia empezó a caer obligando a nuestra gatita a buscar refugio bajo un arbusto. Poco abrigada, se durmió con el estómago vacío y el corazón triste.

Apenas habían pasado seis horas cuando le cayó el diario matutino en pleno hocico. Minina se despertó sobresaltada. No vio al repartidor en su bicicleta pero, como de costumbre, escuchó su risa cruel y burlona. Definitivamente, el día pintaba mal, como todos los demás... Sin embargo, en el diario entreabierto, un anuncio llamó la atención de Minina:

Se busca gato con disponibilidad para viajar y para dar alegría. No importan detalles físicos. No se requieren referencias. No presentarse antes de medianoche.

Así, Minina fue a la dirección indicada un poco después de medianoche. A primera vista, la casa parecía algo extraña. Era de cristal y las numerosas flores multicolores que inundaban el jardín se reflejaban en sus muros. Podría decirse que un arco iris comenzaba en esta casa y llegaba hasta la Luna.

Minina abrió los ojos bien grandes. Nunca había visto nada semejante. La puerta entreabierta la invitó a entrar. Qué extraño lugar... El suelo estaba cubierto de suaves telas y cojines en los que daban muchas ganas de tirarse a descansar. Las plantas tenían frutitas brillantes, hermosas como caramelos de Navidad. Unas velas iluminaban la habitación y su perfume aligeraba la atmósfera.

—Ven —le dijo entonces una voz dulce.

Aunque tenía miedo, Minina saltó a las rodillas de su anfitriona.

—Pobre animalito... ¡Te veo muy flaca!

Minina alzó la vista y descubrió un par de ojos azules como los suyos que la observaban tiernamente. Y luego, esas estrellas mágicas, esas grandes alas... ¡No cabía duda! ¡Estaba con un hada! ¿Había que huir? Pero nuestra pobre gatita había huido toda su vida. Se puso a temblar, como para decirle al hada que tenía mucho miedo de que la rechazaran una vez más.

Como única respuesta, Minina recibió caricias, caricias como nunca las había recibido, y luego cumplidos. Y para culminar el día, compartió con el hada la mejor de las comidas.

Así fue como Minina se convirtió oficialmente en un gato de hada. Todos los días juega en el jardín y se echa al sol frotando su redondeado vientre contra la hierba perfumada que tanto suaviza su pelaje.

Al caer la noche, enrolla su cola sobre una varita mágica y parte a descubrir paisajes maravillosos. De vez en cuando, hacia las seis de la mañana, al regresar de sus paseos nocturnos, Minina tira algunas papas podridas sobre cierto repartidor de diarios que no sabe de dónde vienen, pero sí escucha las risas de la gatita y la dulce hada. Y eso... ¡es muy divertido!

Las jóvenes hadas

Laurence Mocquet

La reina de las hadas tenía dos hijas que nacieron el mismo día. Melina, rubia y muy prudente, y Gwendolina, pelirroja y traviesa. Un día, la reina les anunció a sus hijas que en la madrugada del día de su cumpleaños ofrecería un gran baile en su honor, pues ya era tiempo de que eligieran sus poderes mágicos.

—¡Fantástico! ¿Pero por qué esperar? —preguntó Gwendolina.

La reina les explicó que debían tener la edad suficiente para hacer una buena elección.

El gran día llegó y hubo que preparar la fiesta. La reina eligió "El estanque de las hadas", un lugar mágico en el centro del bosque de la Media Luna. Llamaron a los elfos para que decoraran el lugar: tapizaron el suelo con junquillos y violetas. Invitaron a las ranas del estanque a participar en el gran coro de obertura del baile, cada una sentada en un nenúfar.

Un elfo llamó a los pájaros para que cantaran. Otro decoró las mesas con hojas gigantes y consiguió deliciosas frutas del bosque y jarras de agua de naranja.

Llegada la noche, la reina inauguró la ceremonia de los deseos y llamó a sus hijas. Primero se dirigió a Melina:

—Futura hadita, ¿qué poder quieres atribuirte?

—Madre, deseo gobernar el sol. Así, me encargaré del buen tiempo, pues adoro la calidez y nada me gusta más que un día soleado. Además, el calor mantendrá la tibieza de la tierra.

La reina le concedió ese don a su hija, pues era lo que deseaba, y se dirigió a la traviesa Gwendolina.

—¿Y tú? ¿Qué poder deseas atribuirte?

—Madre, yo quiero gobernar la lluvia. Así, me encargaré del mal tiempo, pues adoro la humedad que me riza el cabello y nada me gusta más que un día lluvioso. Además, la lluvia irrigará la tierra —agregó, divertida.

La reina, con el visto bueno de las otras hadas, le concedió ese don a su hija, pues era lo que deseaba.

Entonces, un amable elfo le dio a cada hermana una varita mágica y un hermoso vestido. Uno era de color oro y el otro de color cielo de tormenta. Melina recibió el nombre de “Hada del sol” y Gwendolina, el de “Hada de la lluvia”.

A la mañana siguiente, Melina abrió la ventana de par en par
y, blandiendo su varita mágica, dijo:
—¡Ordeno un día soleado!
El sol de inmediato se asomó por el horizonte y se puso a brillar.
A Gwendolina la despertó una luz intensa. Abrió la ventana de par en par, blandió su varita mágica y, para molestar a su hermana, dijo:
—¡Ordeno un día lluvioso!
Y comenzó a llover.

Al ver esto, Melina insistió:
—¡Que hoy sea un día soleado!

Y el sol volvió a asomarse. Pero Gwendolina buscó la revancha y ordenó un día lluvioso, con granizo y truenos. El calor cedió su lugar a una tormenta con rayos. Melina exigió entonces el regreso del sol e invocó a la canícula y la sequía. Y así pasó todo el día. La naturaleza estaba desamparada. Los caracoles salían con la lluvia y, ¡zas!, se ocultaban de nuevo con el sol. Las ranas salían del estanque y, ¡zas!, se sumergían de nuevo. Las golondrinas estaban desorientadas.

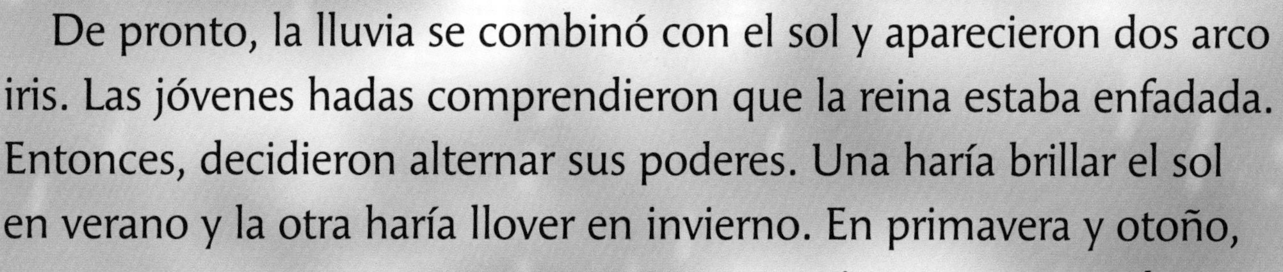

De pronto, la lluvia se combinó con el sol y aparecieron dos arco iris. Las jóvenes hadas comprendieron que la reina estaba enfadada. Entonces, decidieron alternar sus poderes. Una haría brillar el sol en verano y la otra haría llover en invierno. En primavera y otoño, prometieron compartir los días. Pero si por casualidad ves un arco iris, piensa en Gwendolina y pide que siga siendo la más bromista de las hadas.

Contenido

Esta obra se terminó de imprimir en abril de 2009
en Editorial Impresora Apolo, S.A. de C.V.
Centeno 150-6, Col. Granjas Esmeralda
C.P. 09810 México, D.F.